LES RÊVES DU PASSÉ

POÉSIES

LES RÊVES DU PASSÉ

POÉSIES

DÉDICACE

—

O vous qui nuit et jour inspirez mon délire,
Vous qu'on ne nomme pas et qu'on prie à genoux,
Ange à qui je dois tous les accords de ma lyre,
    Ces vers sont moins à moi qu'à vous.

Mais vous errez si loin de nos fanges mortelles,
Mais votre âme si haut plane au-dessus de nous,
Que j'ai dû demander à ma muse ses ailes,
    Pour qu'ils parviennent jusqu'à vous.

Et si votre indulgence au poëte pardonne,
Sur moi laissez tomber votre regard si doux,
Pour mon front ce sera la plus belle couronne...
    Et je veux la tenir de vous!

187...

LES RÊVES DU PASSÉ

POÉSIES

PRÉLUDES

L'aube vient argenter le flot bleu sur la grève,
L'oiseau conte sa joie aux échos d'alentour.
L'espérance renait quand le soleil se lève,
Pour l'âme dans la nuit, l'aurore c'est l'amour !

Le ciel est transparent et la brise embaumée,
Quand de son long exil, avril est de retour.
Par son souffle partout la vie est ranimée.
Pour le cœur desséché, le printemps c'est l'amour !

Dieu donne à ce printemps, fait naître à cette aurore
Une bien douce fleur, mais un parfum d'un jour,
Et cette fleur du ciel que l'aube fait éclore,
Enfant c'est ta beauté, son parfum c'est l'amour !

Avril 1872

FANTAISIE

Si j'étais petit papillon,
  Faisant dans l'air un sillon
  De mille couleurs étranges,
Et comme un reflet d'ailes d'anges
  Voltigeant sur un rayon,
  En semant ma gaité franche
  Partout où je passerais,
  Je connais bien la fleur blanche
      Que je choisirais !

Si j'étais le petit oiseau,
  Sur la cime d'un roseau
  Que le vent du soir balance,
D'où bientôt le coquet s'élance
  Pour se mirer au ruisseau,
  Et dût-on me mettre en cage
  Quand joyeux je chanterais,
  Je connais bien le bocage
      Que j'enchanterais !

  Si j'étais un bouquet charmant,
    Mais composé seulement
    De timides violettes,
  (On remplace bien des toilettes
    Avec un simple ornement.)

Répandant sur toute chose
    Mes vagues parfums nacrés,
    Je connais bien le sein rose
        Que j'embaumerais !

Si j'étais brise de la nuit,
    A l'heure où le jour a fui
    Sous le bois qui, solitaire,
Prête une ombre à plus d'un mystère,
    Quand Phébé la blonde luit....
    Mêlant ma voix sur la grève,
    Aux chants des flots azurés,
    Je connais bien le doux rêve
        Que je bercerais !

Allée des Chênes, 1870

IMPROVISATION AU BORD DE MER

Sur le manteau des mers que la brise balance,
    Par un beau jour rêvant,
Je contemplais au loin la barque qui s'élance
    Légère sous le vent.

Emu je murmurais en voyant sous la rame
    Jouer le flot d'azur,
Comment peut-on avoir de la haine dans l'âme
    Quand le ciel est si pur !

Ste-Marguerite, Novembre 1809.

DÉFINITION

N'être pas seulement belle, mais être bonne,
Compatir aux douleurs dont le cœur est meurtri ;
Etre indulgente au mal, ne mépriser personne.
Dans l'orage être un coin du ciel bleu qui sourit ;
Croire au bien et le faire, adoucir l'existence
Au malheureux qui souffre, et pardonner toujours ;
Laisser son souvenir ainsi qu'une espérance,
Etre à travers les temps l'ange des mauvais jours !
C'est l'idéal rêvé par l'âme du poëte,
Ame, qui dans l'essor de son rêve éternel,
Cherche un rayon d'en haut pour sa douleur secrète.
La bonté chez la femme est un reflet du ciel.

GRAZIELLA

Pauvre Graziella, la tombe où tu reposes,
Plus pâle qu'un beau lys couché parmi les roses,
Fut l'asile suprême où finit ta douleur,
Quand prenant ton essor vers la sphère des anges,
Tu quittas pour l'azur le séjour de nos fanges :
Et l'instant de ta mort commença ton bonheur.
La vie était trop dure à ton âme meurtrie,
Tu ne comprenais rien aux choses d'ici-bas,
Et tu regrettais trop ta céleste patrie,
Pour que Dieu, qui t'aimait, ne t'y rappelât pas !
Lasse, tu t'étais dit : « Qu'est-ce que l'existence ?
» Vivre sans espérer, c'est mille fois mourir.
» Quand enfin sonnera l'heure de délivrance,
» Dans l'éternel repos je ne dois plus souffrir !
» Que sert de disputer à cette mort avide
» Quelques jours attristés de regrets superflus....
» Le cœur doit s'arrêter, lorsque le cœur est vide,
» L'âme doit s'envoler quand le cœur ne bat plus ! »

Comme un oiseau blessé regagne sans murmure
Son petit nid caché sous la verte ramure,
Pour mourir solitaire au refuge du soir,
Hélas ! loin du matin qu'il ne doit plus revoir,
Par une nuit d'automne avec un doux sourire,
Tu murmuras un nom et tu fermas les yeux
Pour ne plus voir la vie et ne pas la maudire,
    Et pour toujours tu regagnas les cieux !

Ton destin fut plus beau que ta douleur profonde,
    Tu ne vécus qu'un jour,
Mais ton âme conçut l'idéal dès ce monde,
    Et tu mourus d'amour !

Ste-Marguerite, 1873.

ACROSTICHES

Gais et beaux papillons qui toujours dès l'aurore,
Allez, rayons d'azur, sur l'aile du zéphir,
Boire les premiers pleurs des fleurs qui vont éclore,
Recueillir les regrets des fleurs qui vont mourir...
Iris qui voltigez, coquets, sur les plus belles,
Et qui les effleurez du parfum de vos ailes,
Lutins qu'on voit briller et fuir comme un beau jour,
Laissez-vous un baiser plus doux que son amour,
En échange du miel que vous cueillez sur elles !

Mai c'est le mois des fleurs, c'est le vôtre, Marie,
Ange qui jusqu'au ciel portant ma rêverie,
Révélez à mon cœur la céleste patrie.
Il appartient au ciel ce nom qui sait charmer,
Et c'est lui qui contient ce mot si doux : Aimer.

Rose comme ornement vaut mieux que perles fines,
On le dit, — mais la fleur cache un dard redouté.
Sans avoir son danger vous avez sa beauté,
Et vous êtes aussi rose... mais sans épines.

LE PRINTEMPS

L'insecte aux ailes d'or palpite sur les roses,
L'aubépine est en fleurs, et le ciel est si pur
Qu'on croirait voir planer au loin, sur toutes choses,
Le sourire de Dieu dans son palais d'azur.
Viens cueillir dans les prés la marguerite blanche,
Viens couronner ton front gracieux de lilas...
La sève fait jaillir le bourgeon sur la branche,
Viens ! le printemps est court... et le jour passe, hélas !

Le doux frissonnement de la saison bénie,
Frémit dans la verdure et s'épand dans les airs...
Chacun apporte ici son tribut d'harmonie,
La brise ses parfums, et l'oiseau ses concerts !
Viens respirer du ciel la fraîcheur embaumée...
Viens ! les buissons neigeux s'emplissent de gaité,
Hâtons-nous vers les bois, tous deux, ma bien-aimée.
Viens, le printemps est court, et c'est déjà l'été !

Ainsi que la nature, oh ! je me sens renaitre...
Je rêve à l'idéal qu'on ne peut qu'entrevoir...
Un souffle de bonheur fait tressaillir mon être,
Quand la mer réfléchit le ciel comme un miroir...
Viens voir sur les flots bleus se balancer la rame.
Viens ! et laissons de nous au moins un souvenir...
C'est aussi le printemps, aujourd'hui, dans mon âme,
Viens, ce printemps est court... et l'hiver va venir !

Ste-Marguerite, Mai 1872.

O mes petits oiseaux, qui versez sur ma vie
Tant de bonheur si pur et tant de rêverie,
Vous dont la voix se mêle aux soupirs des roseaux
Sous les baisers du soir... ô mes petits oiseaux !
Vous qui de la nature égayez le silence,
Quand vient dormir la nuit sous le grand bois profond !
Paisibles souverains du domaine où s'élance
La pensée, à cette heure où le rêve commence,
Dédaignant loin de nous ce que les hommes font.
O vous qui le matin, dès l'aurore vermeille,
Par l'hymne d'espérance et par l'hymne d'amour,
En versant l'harmonie à la fleur qui s'éveille,
Versez au malheureux l'espoir d'un meilleur jour !
O vous qui consolez et charmez tour à tour,
Amis, notre destin en un point nous rassemble,
Car, du moins ici-bas, nous partageons ensemble
Ces deux aspects du ciel où Dieu nous réunit :
Mon âme a l'idéal, vous avez l'infini !

Ste-Marguerite, Avril 1872.

MONTRIEUX

Salut à toi, Montrieux, vénérable refuge
Où peut trouver l'abri que le monde n'a pas,
Quand le cœur est brisé, l'âme, pauvre transfuge
    Des choses d'ici bas !

Arrête, voyageur ! sous ces voûtes de pierre,
Avant de reposer toujours, repose un peu !
Vois ! l'esprit se recueille ici dans la prière,
    Face à face avec Dieu !

Tu viens de la douleur, et vers la nuit funeste,
Le sort t'entraine las, après l'orage noir,
Arrête ! dans ces murs la solitude reste
    A qui n'a plus l'espoir !

Ici, le doigt divin peut lever sans mystère,
De l'avenir promis le voile solennel,
La pensée, en ces lieux, est plus loin de la terre,
    Etant plus près du ciel !

Va, laisse sans regret tout ce que l'homme envie
Au choc des passions s'écrouler sans effort,
Dans le torrent humain, le naufrage est la vie,
    Le couvent c'est le port !

Ecrit à la Chartreuse de Montrieux, le 6 Septembre 1874.

LES DEUX GOUFFRES

Deux gouffres sont voisins.

                L'un c'est la mer immense,
Tombeau tumultueux, où le flot en démence,
Aveugle en ses fureurs, farouche et sans remords,
Engloutit les vivants et ne rend pas les morts !
Où, sur tous les débris de ses fatales rages,
L'Océan sans pitié, jette à travers les âges,
Sur tout ce grand amas dans l'onde enseveli,
Le funèbre manteau de l'éternel oubli !

L'autre c'est la maison du jeu.

                      Celle du vice !
Pente, où, de chute en chute, au désespoir on glisse.
Le cupide soupçon, là, veille sur le seuil...
Là, laissant emporter au choc de cet écueil
Tout ce qui révélait en lui Dieu dans ce monde,
L'homme dépouille l'ange et vêt la bête immonde !

Devant ces deux périls, terribles tous les deux,
L'Océan sans issue, et le tripot hideux,
Torrents que rien n'arrête en leur courant funeste,
L'un où tout va sombrer et l'autre où rien ne reste,
Là, la soif de la proie, ici, la soif de l'or,
Je m'arrête pensif et je préfère encor,
Devant l'abîme obscur, devant le piège infâme,
Le gouffre où meurt la vie, au gouffre où se perd l'âme !

Monte-Carlo 1873.

L'EXIL

—

LE POËTE

La douleur que je chante est une dure chose,
Nul ne la décrira comme il peut la sentir :
C'est ce vide cruel que l'absence nous cause,
Quand loin de ce qu'on aime il a fallu partir.

S'aimer, se l'être dit, avoir comme en un rêve,
Vidé, par un beau jour, la coupe du bonheur;
Avoir senti l'amour frissonnant dans sa sève
S'ouvrir à son printemps comme une douce fleur.

S'être égarés tous deux sous les cieux pleins d'étoiles,
Unis par l'idéal, par l'idéal heureux,
Doux mystère, abrité par la nuit sous ses voiles,
Qui s'enfuit comme un songe au réveil douloureux.

Et son souffle de feu dont la chaleur embrase,
L'avoir pu respirer, parfum d'ambre et de miel,
Et l'avoir fait passer, dans une douce extase,
De sa lèvre à son âme et de son âme au ciel.

Oh ! les heureux instants ! Quand nous errions ensemble,
A cette heure où la lune éclot au ciel lointain,
Où sa clarté s'endort sur le gazon et tremble,
Avec chaque brin d'herbe aux baisers du matin.

Puis, quand près des flots bleus et loin des bruits du monde,
(La solitude est douce à ceux que l'âme unit)
Nous écoutions parler, dans la plainte de l'onde,
Dieu, dont la grande voix dit l'amour infini !

Et puis, ne plus se voir, quand on s'aimait encore !...
Quand on s'aime toujours, pourquoi se séparer ?...
Fleurs, pourquoi vous faner si vite, après l'aurore ?
Bonheur qui t'es enfui, qui peut te réparer ?

Et vous, perles du cœur, par le cœur répandues,
Sur ses genoux chéris où j'ai souvent pleuré...
Et vous beaux jours passés, et vous, heures perdues,
Hélas ! qui peut vous rendre à mon cœur déchiré !

L'oiseau parle au proscrit de la patrie absente,
De mon rêve envolé qui me reparlera ?
Le flot peut consoler avec sa voix puissante...
Mais l'exil loin de vous, qui m'en consolera ?...

LA MUSE

Le nid n'est plus désert, et la fleur demi-close
Entr'ouvre sa corolle aux baisers de la nuit...
L'insecte est endormi dans le sein de la rose,
Le flot est d'un bleu pâle... au loin s'éteint tout bruit...

Qui souffre près de moi ? C'est une âme inquiète !
Ma voix pour ceux que j'aime est pleine de douceur.
Moi, je suis des douleurs confidente discrète,
Et de toute infortune, ami, je suis la sœur !...

LE POËTE

Non ! je veux pleurer seul ; que vous fait ma souffrance !
J'ai perdu le bonheur, il a suivi ses pas ;
Je ne puis croire en vous, n'ayant plus d'espérance,
Ma douleur est mon bien, je ne partage pas !

LA MUSE

Au milieu du chaos des siècles et des mondes,
Dieu fit le paradis pour l'ange préféré,
Il lui donna l'azur et des cieux et des ondes,
Le printemps et ses fleurs, l'aube et le soir doré.

Puis, quand vint à sonner, par un ordre suprême,
L'heure du châtiment au cadran éternel,
L'ange ayant méconnu dans l'orgueil Dieu lui-même,
Il perdit le bonheur et fut chassé du ciel !

Et souvent dans la nuit, sombre comme son crime,
Les échos de ces temps maudits ont entendu
Et les remords amers, et les pleurs dans l'abîme,
De l'ange regrettant le paradis perdu !

LE POËTE

Mais nous, qu'avons-nous fait, pour que, sur notre vie,
Le voile du malheur étendant son linceul,
L'ivresse des beaux jours nous fut si tôt ravie?
Si c'est un châtiment, qu'il tombe sur moi seul!

De quel forfait si noir aurais-je été capable?
Le destin contre Dieu m'a-t-il fait blasphémer?
Est-ce un crime d'aimer? Alors, je suis coupable;
Mais non, le Dieu d'amour ne peut punir d'aimer!

LA MUSE

Poëte, ton erreur est grande, si tu penses
Que du temps sur toi seul s'appesantit la main,
Quels que soient ses décrets, peines ou récompenses,
Dieu ne voit pas qu'un homme, il voit le genre humain.

Il fit de la douleur la loi de cette vie,
Doua l'homme d'un cœur afin qu'il pût souffrir,
Mais il donna l'espoir à son âme asservie,
L'espoir! seul bien qui reste à qui voudrait mourir...

Devant ses rayons d'or, que ton front se relève,
O mon pauvre poëte, écoute-moi, je suis
Ta muse aux doux accents qui viens bercer ton rêve,
C'est moi qui t'encourage et c'est moi qui te suis!

C'est moi qui de pitié me sens l'âme saisie,
C'est moi qui sais souffrir comme je sais charmer,
Moi qui viens te verser la douce poésie,
Comme un baume divin qui pourra te calmer.

C'est moi que tu revois, par la nuit embaumée,
Qui te fais frissonner au souffle du printemps,
Moi qui t'ai fait pleurer près de la bien-aimée,
Moi qui t'ai fait sourire au soleil des vingt ans !

Moi qui prends ta pensée et l'arrache à la terre,
Pour la conduire au ciel comme un fantôme errant,
Moi qui veille au chevet de ton lit solitaire,
A l'heure où l'insomnie est dure au cœur souffrant !

Le temps d'exil est dur, mais le retour est proche,
L'azur revient après l'orage sur la mer,
Tout finit ici-bas, et la plus dure roche
S'effondre sous le choc fréquent du flot amer.

Crois-tu ne plus revoir celle que ton cœur aime...
Le mal nous vient de Dieu mais n'obéit qu'à lui.
C'est la loi... le printemps succède à l'hiver blême,
Et qui pleurait hier peut sourire aujourd'hui.

Penses-tu des beaux jours avoir fini le nombre ?
Mais ceux tant regrettés peuvent bien revenir.
Ne regarde donc pas, quand le présent est sombre,
Vers ton passé perdu, mais vers ton avenir.

En attendant, l'amour, vois ! sourit à ta peine,
Souffrir quand on est deux c'est presque du bonheur...
Et retiens bien ceci : « Comme la force humaine
La douleur a son terme, — ainsi veut le Seigneur !

Au désespoir jamais, ami, ne t'abandonnes,
Les épreuves font l'homme, et Dieu les comptera,
Au jour du jugement, comme autant de couronnes
Que sur les fronts élus son ange posera.

La douleur est la flamme où notre âme s'épure,
C'est l'encens cher à Dieu par notre cœur offert,
Et l'homme qui toujours contre le ciel murmure,
Malheureux quand il souffre, est grand s'il a souffert ! »

Nice, février 1873.

RÉALITÉ

Pendant que les rayons de l'astre de la nuit,
Dormaient en ondulant sur la bruyère blonde,
Hier, je songeais à vous, laissant loin de ce monde
Errer ces souvenirs qu'un regret toujours suit.

Et le ciel déployait son manteau d'étincelles,
Parsemant sur la mer l'opale et le saphir,
Et l'églantine offrait aux baisers du zéphir
Ses parfums les plus doux et ses fleurs les plus belles...

Dans les rameaux d'un pin le rossignol chantait,
Confiant à la nuit sa plainte solitaire,
Si pure était sa voix, si pleine de mystère,
Que la nature entière en silence écoutait !

Et le flot inclinait après le flot sa crête,
Jusque sur la falaise où sa fureur finit.
Son murmure éternel lançait vers l'infini
Comme le triste écho d'une douleur secrète.

Et moi dont l'âme pure est exempte de fiel,
Oubliant les humains que dévore l'envie,
Oubliant les malheurs qui flétrissent la vie,
Hier, je songeais à vous en regardant le ciel.

Chaque étoile étalait sa parure de flamme,
Chaque fleur ses trésors... Moi je songeais joyeux
Que l'étoile avait moins de rayons que vos yeux,
Les fleurs moins de parfum que n'en contient votre âme!

Que l'insecte d'argent, au sein des goëmons,
Avait moins de gaité que votre frais sourire,
Que les perles qu'il montre aux lèvres que j'admire,
Avaient plus de blancheur que la neige des monts!

Tandis que je rêvais ainsi, l'horizon sombre
Se teignit de lueurs incertaines d'abord,
Avant-coureurs de l'aube à la couronne d'or,
Dont la clarté douteuse allait dissiper l'ombre.

L'alouette déjà saluait le retour
De l'astre qui splendide à l'orient se lève,
Et la nuit s'enfuyait emportant mon doux rêve,
Et mes maux endormis s'éveillaient à leur tour...

Ainsi qui m'aurait dit (hélas! comme tout change!)
Que le grand jour si tôt se lèverait en moi,
Et que j'apercevrais alors avec effroi
L'abime sous les fleurs et le démon sous l'ange!

Novembre 1872.

VÆ VICTIS

Donec eris felix, multos numerabis amicos,
Tempora si fuerint nubila solus eris.

Oh ! le monde est méchant, oh ! l'homme est égoïste,
C'est la loi du plus fort qui triomphe toujours,
Oh ! que le temps est sombre et que la vie est triste
A qui meurt solitaire au printemps de ses jours.
Aux ailes du bonheur le triomphe s'attache,
C'est avec lui qu'il naît, avec lui qu'il s'enfuit,
Le vaincu resté seul poursuit sa lourde tâche,
Sans espoir de l'aurore après la longue nuit !
Le mal emplit la coupe et la coupe est amère,
Et l'envie est au fond, au fond la lâcheté,
On recueille en courant vers le bonheur chimère !
L'expérience, fruit chèrement acheté.
Et quand l'homme envisage, en un coup-d'œil rapide,
Le passé ténébreux, l'avenir sans espoir,
Il se retourne et voit autour de lui le vide,
Derrière, les débris ; devant, l'horizon noir !
La mer s'étend au loin, sur les flots pas de voile,
L'âme est pleine d'ennui, le cœur s'emplit de fiel...
La brume est le linceul dont l'infini se voile,
La nuit funeste accourt, pas une étoile au ciel !...

Mais le temps, ce faucheur à la faux opportune,
Le temps reste à celui qui sait le voir venir,
Et vaincus de l'amour, vaincus de la fortune,
Venge et console tout, car il a l'avenir !

Décembre, 1873.

EN MER !

A un oiseau de passage

Oh ! sois le messager du voyageur que l'onde
Entraine loin des siens sur l'Océan du monde,
Pauvre oiseau que l'hiver a ramené vers nous
Chercher un temps meilleur sous un climat plus doux,
Vole à travers les airs, vole vite auprès d'elle,
Tu la reconnaitras, chéri ?... c'est la plus belle !

Dis-lui que je n'ai pu la voir sans l'adorer,
Qu'elle a laissé mon cœur dans une ivresse vague,
Qu'ainsi que le soleil que je voyais dorer
La neige éblouissante au sommet de la vague...

Son regard a brillé comme un rayon d'azur,
Et que son doux reflet illumina mon être,
Dis-lui que ce beau ciel n'était pas aussi pur,
Que le rêve d'amour que sa beauté fit naitre.

Dis-lui que sur les flots qui m'entraînaient loin d'elle,
Je voyais son image à mon cœur revenir,
Je sentais un parfum m'effleurer de son aile...
Dis-lui que ce parfum c'était son souvenir !

Oh! ne pourrait-on pas, loin de celle qu'on aime,
Eviter, ô mon Dieu, le martyre suprême,
De ces regrets lointains, échos des heureux jours,
Et loin d'eux sans pleurer, songer à ses amours...
Ne se peut-il que l'homme, ainsi l'âme oppressée,
En y laissant le cœur y laisse la pensée !

Ecrit pendant mon voyage de Février 1871.

ACROSTICHES

Myosotis est le nom d'une fleur, votre emblème,
Alors qu'on te voit plus, dit-elle, plus on t'aime,
Rêves et souvenirs de vous charment mes jours,
Ils restent dans le cœur si bien gravés que même,
En ne vous voyant plus, on vous aime toujours !

Souriez aux beaux jours, vous dont la blonde aurore
Offre tant d'avenir aux rêves inconstants.
Profitez du parfum quand la fleur vient d'éclore...
Hélas ! la vie est triste et n'a qu'un seul printemps !
Ici-bas être enfant c'est espérer encore,
Et le plus beau trésor est un cœur de seize ans !

Eclair de l'horizon obscur où lutte l'âme,
Sourire d'un ciel bleu qui dans l'orage luit,
Pensez que votre nom, nom d'ange ou bien de femme,
Est à tout avenir ce qu'est l'aube à la nuit !
Restez enfant longtemps, mais lorsque l'existence
Autour de vous plus tard groupera ses douleurs,
Ne regardez jamais sans pitié la souffrance;
C'est cueillir le bonheur que semer l'espérance,
Et gravez votre nom au fond de tous les cœurs !

Bercez son avenir des rêves les plus roses,
Loin d'elle rejetez l'amertume des choses,
Ange au front chaste et pur qui veillez sur ses jours,
Ne lui montrez jamais ce qui cause nos haines,
Cachez à ses regards les misères humaines,
Heureuse, qu'elle vive exempte de nos peines,
Et que son jeune cœur les ignore toujours !

———

L'insecte d'or qui, sur la rose,
Oublieux et léger voltige et se repose,
Unit dans ce contact la grâce à la beauté.
Ils résument ainsi deux aspects de la femme,
Sans nul souci comme eux, vous êtes fleur par l'âme,
Et papillon par la gaîté !

ELÉGIE

La vie est une mer où tout s'agite et sombre,
Où le flot ouvre un gouffre et referme un cercueil.
L'homme est cet esquif perdu sur cet abime sombre
    Dont l'amour est l'écueil !

Maintenant le gazon reverdit sous le saule,
Et la tombe s'étend sous ses rameaux pâlis.
La tombe où les regrets dont rien ne vous console
    Dorment ensevelis !

La nuit du sein des flots dans l'infini s'élance,
Et la lune se lève au loin dans un linceul,
La tombe est solitaire, et près d'elle en silence
    Nul ne viendra prier... Nul, excepté moi seul !

Oui, je suis près de toi, je viens quand tout repose,
Et par l'aube indécise et le soir embaumé,
Redire au ciel d'azur, aux fleurs, à toute chose,
    Que nous avons aimé !

Et le rêve, soudain, jaillit de ma pensée,
A l'appel de mon cœur je crois te voir venir...
Mais non, tout est muet sous la couche glacée,
Où dort mon pauvre amour avec ton souvenir !

Oh ! ton bon ange blond dut sourire à ton ombre,
Quand dans la pureté de l'âme sans remord
Tu parus sur le seuil de l'éternité sombre,
        Sur l'aile de la mort !

Comme lui tu viendras, quand aura sonné l'heure
Où de mon triste exil je serai délivré,
Et ton âme, montrant à celui qui te pleure
Sa route dans la nuit... au ciel je te suivrai !

Belvédère, Septembre 1873.

REGRETS

Lorsqu'on a vu passer ainsi qu'un blond nuage,
　　Léger au sein des cieux,
Lorsqu'on a contemplé de loin, sur le rivage,
　　Les contours gracieux,

De la nef qui, portant toutes vos espérances,
　　Avant la fin du jour,
Fera sombrer, avec vos premières souffrances,
　　Votre dernier amour,

Lorsqu'on a vu briller dans son ciel une étoile,
　　Comme un pur diamant,
Lorsqu'on a vu son front que nul souci ne voile
　　Se courber tristement,

Lorsque les yeux fixés sur cet astre qui brille,
　　Pour la première fois
On a senti trembler devant la jeune fille
　　Et son cœur et sa voix,

Lorsqu'on a jusqu'au bout vidé la coupe amère
　　Des désenchantements,
Lorsqu'on a vu tomber l'illusion si chère
　　Aux êtres bien aimants,

Lorsqu'on a vu saigner, lasse de cette vie,
    Aux ronces du sentier,
La moitié de son âme à son bonheur ravie,
    Et son cœur tout entier,

Lorsque se sont brisés, fragiles comme verre,
    Ces liens d'âmes sœurs,
Qui seuls vous retenaient au lugubre calvaire
    Des terrestres douleurs!...

Alors on sent d'abord la réalité sombre
    Des jours sans lendemain,
Malgré de vains efforts on sent sa foi qui sombre
    Dans l'Océan humain.

La tempête mugit, au loin la mer est noire,
    Et l'on entend les flots
Autour de soi gémir si tristes qu'on peut croire
    Que ce sont des sanglots !

De temps en temps on voit béant s'ouvrir le gouffre
    Aux lueurs des éclairs,
Dont les chocs répétés en tourbillons de soufre
    Se croisent dans les airs.

Tantôt on croirait être englouti sous l'abîme,
    On monte de nouveau.
Et la barque un moment s'élève sur la cime
    Pour tomber de plus haut.

Quel noir pressentiment absorbe la pensée,
     Comme dans un linceul,
Et qu'on se sent perdu dans cette nuit glacée,
     Alors qu'on se sent seul !

Ballotté tour-à-tour, par la vague contraire,
     Sans voile et sans agrès,
Et toujours ramené, malgré vous, en arrière,
     Par le flot des regrets.

En vain vous résistez et l'onde vous emporte
     Loin de tout idéal...
Homme de peu de foi ! tu marches, que t'importe,
     Vers l'inconnu fatal !

Laisse là le passé qui sur tes pas s'efface,
     Et regarde en avant.
Laisse là le présent qui s'envole et qui passe
     Léger comme le vent :

Il est encor un monde où l'espoir étincelle,
     Mais un monde à venir,
Et le rêve est bien doux que fait naître avec elle
     La foi dans l'avenir !

Oui, mais la route est longue au milieu des orages,
     Au milieu des écueils,
On peut avoir avant d'aborder ces rivages
     Les barques pour cercueils.

Et puis aux cœurs déçus la destinée est dure,
        Tandis que sur les mers
Le hasard pousse l'homme il faut bien qu'il endure
        Le choc des flots amers.

Il faut que bien souvent tout notre être frissonne
        Loin de ce qu'on aimait,
Que sans cesse la mort autour de nous moissonne
        Tout ce qui nous charmait,

Et que souvent aussi notre âme sur la terre
        Se partage en lambeaux,
Avant qu'elle s'endorme heureuse et solitaire
        Dans la paix des tombeaux !

Ainsi se révoltait ma douleur insensée,
        Et je sentais soudain,
Le sombre désespoir étreindre ma pensée
        Au seuil de l'incertain...

Triste, j'allais sombrer, quand j'aperçus un ange,
        Une femme au front pur,
Qui semblait s'avancer dans un sillon étrange
        De lumière et d'azur.

Et je repris courage en voyant cette étoile,
        Après les mauvais temps,
Semblable au naufragé qui voit luire une voile,
        Sur les débris flottants...

Or, l'étoile c'est vous, l'ange c'est vous que j'aime,
        Sur les flots étrangers
Vous qui me voyant seul, daignez venir vous-même,
        Partager mes dangers.

Oh ! qui que vous soyez, égarée en ce monde,
        Vous qui venez des cieux,
Merci, d'illuminer ainsi ma nuit profonde
        Des rayons de vos yeux !

Je ne crains plus l'éclair qui menace nos têtes,
        Ni le sort hasardeux,
Car dans les mauvais jours, pour braver les tempêtes,
        Ne sommes-nous pas deux !

Le ciel doit protéger notre union bénie,
        Quand on s'aime on est fort,
Ton souffle bienfaisant, n'est-ce pas, douce amie,
        Nous guide vers le port.

Oh ! laissons-nous porter par l'onde que soulève
        L'espoir d'un plus beau jour !
Oh ! laissons palpiter deux âmes dans un rêve,
        Deux cœurs dans un amour !

UNE NUIT!

—

Vous en souvenez-vous, sur les rives fleuries
Du ruisseau qui serpente à travers les prairies,
Un soir, nous étions seuls avec nos rêveries,

    A l'heure où tout s'endort,

L'heure, où l'astre du jour dans les flots bleus s'élance,
Où l'oiseau qui, léger, sur la fleur se balance,
Poursuit d'un dernier chant, dans la nuit qui commence,

    Ses derniers reflets d'or!

L'air était embaumé des senteurs de la plaine,
De doux frissonnements nous avions l'âme pleine,
Nous sentions sur nos fronts jouer la tiède haleine

    Du zéphir bien aimé;

Tout se taisait alors, au sein de la nature,
Hors du ruisseau d'argent l'harmonieux murmure,
Et l'on voyait au loin scintiller la parure

    Du gazon embaumé!

Déjà, dans le ciel pur s'obscurcissait la nue,
(Car depuis un moment la nuit était venue,)
Qu'une douce langueur jusqu'alors inconnue

  S'épandait sur nos sens.

Comme on voit se courber, au loin, sur la mer grise,
Le flot qui mugissant, roule, écume et se brise,
On voyait la bruyère au souffle de la brise

  S'incliner en tous sens !

L'astre pâle des nuits, comme l'œil d'un bon ange,
Curieux se levait sur cette scène étrange,
Et de ces doux reflets il argentait la frange

  Du nuage azuré,

Et sa lumière douce éclairait le paysage,
Et rayonnait au loin comme dans un mirage,
La rivière semblait emporter son image

  Dans son flot diapré.

Puis, d'enivrants projets d'avenir caressée,
Capricieuse errait aussi notre pensée;
Dans cette belle nuit notre âme était bercée

  Par des rêves bien doux...

Notre esprit pour le ciel avait quitté la terre,
Car isolés tous deux dans ce lieu solitaire,
Nous parcourions des bois pleins d'ombre et de mystère...

  Vous en souvenez-vous !

Oh ! dis, t'en souvient-il, ô ma douce compagne,
Comme nous aspirions l'air pur de la campagne,
Comme nous admirions la farouche montagne

    Au front silencieux?

Oh ! dis, te souvient-il que nous cueillions ensemble,
Dans ces bouquets charmants que le printemps rassemble
La pauvre fleur des champs qui palpite et qui tremble

    Sous l'autan furieux ?

Un météore en feu brilla dans le ciel sombre,
Le traversa... soudain se perdit dans le nombre
Des joyaux de la nuit, et disparut dans l'ombre

    Pour ne plus revenir...

Nous suivions du regard l'étoile dans l'espace,
Nous souvenant que tout en notre monde passe,
Et qu'aussi le bonheur ne laisse de sa trace

    Qu'un lointain souvenir !

Aussi je te disais : « Que ce bienheureux songe,
Dans lequel notre cœur si tendrement se plonge,
Ne finisse jamais, ou du moins se prolonge

    Jusqu'à nos derniers jours...

Et même que la mort, ô ma douce colombe,
Lorsqu'aura sonné l'heure où l'illusion tombe,
En unissant deux corps dans une même tombe,

    Unisse deux amours ! »

Puis j'ajoutais ému : « Profitons de la vie...
Vois ! tout dans la nature au bonheur nous convie,
Tant qu'un destin jaloux ne t'aura pas ravie,

> Ange tu m'appartiens ! »

Et le zéphir mêlait ta chevelure blonde,
Et pleins de doux rayons, dans leur voûte profonde,
Les astres se miraient étincelants dans l'onde,

> Et mes yeux dans les tiens !

Notre extase cessa lorsque brilla l'aurore,
Oh ! souviens-toi qu'alors je te disais encore :
« Les hommes sont méchants, réponds, toi que j'adore,

> Veux-tu vivre loin d'eux ?

Être isolés, dis-moi, n'est-ce pas le ciel même,
Errer dans les sentiers pleins de fleurs qu'avril sème !...
Oh ! le bonheur parfait, c'est, vois-tu, quand on s'aime,

> La solitude à deux ! »

Belvédère, Juillet 1870.

Brest. — Imp. J. B. Lefournier aîné.